IRIS Y LUNA

Papel certificado por el Forest Stewardship Council®

Primera edición: enero de 2025

© 2025, Aurora Quirón
© 2025, Penguin Random House Grupo Editorial, S. A. U.
Travessera de Gràcia, 47-49. 08021 Barcelona
© 2025, Alba Vargas Gálvez, por las ilustraciones del interior
© 2025, Candela Insua, por el diseño de los interiores de la colección
Diseño de la cubierta: Penguin Random House Grupo Editorial / Silvia Blanco
© 2025, Isabel Escalante, por la ilustración de la cubierta
© 2025, Marta Beatriz Piedra Barrionuevo, por el diseño del logotipo de la colección

Penguin Random House Grupo Editorial apoya la protección de la propiedad intelectual. La propiedad intelectual estimula la creatividad, defiende la diversidad en el ámbito de las ideas y el conocimiento, promueve la libre expresión y favorece una cultura viva. Gracias por comprar una edición autorizada de este libro y por respetar las leyes de propiedad intelectual al no reproducir ni distribuir ninguna parte de esta obra por ningún medio sin permiso. Al hacerlo está respaldando a los autores y permitiendo que PRHGE continúe publicando libros para todos los lectores. De conformidad con lo dispuesto en el artículo 67.3 del Real Decreto Ley 24/2021, de 2 de noviembre, PRHGE se reserva expresamente los derechos de reproducción y de uso de esta obra y de todos sus elementos mediante medios de lectura mecánica y otros medios adecuados a tal fin. Diríjase a CEDRO (Centro Español de Derechos Reprográficos, http://www.cedro.org) si necesita reproducir algún fragmento de esta obra.

Printed in Spain – Impreso en España

ISBN: 978-84-10269-19-4
Depósito legal: B-19.242-2024

Compuesto en Compaginem Llibres, S. L.
Impreso en Gómez Aparicio, S. L.
Casarrubuelos (Madrid)

BL 6 9 1 9 4

AURORA QUIRÓN

IRIS Y LUNA

¡UN COLE LLENO DE MAGIA!

**ILUSTRADO POR
ISABEL ESCALANTE
Y
CHEZALBY**

B DE BLOK

Nuestros amigos

IRIS MARAVILLAS

Le encantan los arcoíris,
los unicornios, ir de camping
y las nubes de fresa.

LUNA NOCHEOSCURA

Es amante de los gatos,
las tormentas y el color negro.

LUCAS CENTELLAS

Le gusta nadar,
la playa y los ríos.

OLIVIA ALAFUERTE

Le encantan los
fuegos artificiales,
los dinosaurios
y la ropa bonita.

HUGO HOJADORADA

Le gustan las
excursiones al aire
libre, hacer fotos
y la pizza.

SOFÍA ROCANEGRA

Adora cantar, volar
en avión y las tartas
de manzana.

1
El extraño incidente de la ardilla voladora

A Iris le encantaba el camping, porque eso significa una cosa:

¡VERANO!

Y el verano era su estación favorita ¡por muchas razones!

LISTA DE COSAS POR LAS QUE EL VERANO ES LO MEJOR DEL MUNDO MUNDIAL:

✦ LOS HELADOS.

✦ LOS DÍAS SON MUY LARGOS (¡HAY MUCHO TIEMPO PARA LEER!).

✦ HAY MUCHAS MARIPOSAS Y MARIQUITAS.

✦ ME PUEDO BAÑAR EN LA PISCINA.

✦ SE VEN MUCHAS ESTRELLAS POR LA NOCHE.

Lo peor del verano, sin embargo, era que después de comer hacía mucho calor y le entraban unas ganas tremendas de quedarse dormida en el sofá.

—¡Iris! Iris, ¿estás ahí?

¡Alguien la estaba llamando! Iris se levantó como un rayo y miró por la ventana. Eran sus amigos del camping, para quienes salir a dar una vuelta en pleno sol de mediodía era más interesante que echarse una siesta.

—¿Te has vuelto a dormir? Pero ¡si habíamos quedado!

—¡No! ¡Qué va! ¡Si estoy despierta!

A lo lejos, algo —o, mejor dicho, alguien—, llamó su atención. Se trataba de una mujer del camping que solía rondar por allí y a la que,

de vez en cuando, había visto hablar con los animales. En ese momento estaba dándole conversación a una ardilla, como si esta pudiera entenderla. ¡Qué mujer tan rara!

Sin embargo, había algo en ella que le causaba curiosidad, pues en el fondo tenían algo en común: ¡a Iris también le fascinaban los animales! Y en el camping había un montón.

A la niña le encantaba estar rodeada de naturaleza. Es cierto que la ciudad en la que vivía

estaba bien; tenía cines, parques de bolas donde celebrar las fiestas de cumpleaños y luces fascinantes..., pero no tenía tantos árboles, ni fuentes, ni tirolinas... ¡ni tantos animales! Estos eran lo que más le gustaba en el mundo y, por eso, lo tenía decidido: de mayor quería ser veterinaria.

—¡Vamos a por un helado! ¿Vienes? —dijeron sus amigos.

—¡Ya voooooy!

Iris fue corriendo al baño a peinarse y, al volver a su habitación para ponerse los zapatos, echó un rápido vistazo al calendario. ¡Las vacaciones estaban a punto de acabar!

El tiempo había pasado superrápido. Había sido un verano perfecto: lleno de aventuras y diversión. Este pensamiento la puso un poco triste, pero no quería dejar que nada le estropease los últimos días.

¡No había ni un minuto que perder!

Salió corriendo de la cabaña y... entonces, a pocos metros, ¡una ardilla hizo caer al suelo a un pajarito que estaba en su nido! ¡Y parecía que lo había hecho a propósito!

—¡Oh, no! —exclamó.

—Iris, ¿qué pasa? —le gritaron sus amigos, que se habían alejado en sus bicicletas.

—¡Un pájaro se ha caído! ¡Tengo que ayudarlo!

—¡Otra vez igual! —dijo uno de ellos—. ¡Esta niña no tiene remedio!

—¡Hace unos días hasta salvó a una avispa de que se ahogara! —añadió una de las amigas de Iris—. ¡A una avispa!

—Si tenéis tanta prisa, marchaos sin mí. ¡Ya os buscaré luego! —les contestó algo enfurruñada.

Iris no se lo pensó ni un minuto. ¡Tenía que ayudar al animal!

Mientras la pandilla se ponía en marcha, Iris corrió hacia el árbol y, entonces, otra cosa extraña sucedió: ¡la ardilla pasó de largo por delante de ella! ¡Estaba escapando!

Al llegar hasta el pajarito, vio que había caído con su nido y que eso lo había protegido. ¡Fiuuuuuu, menos mal!

—Te volveré a subir allí, no te preocupes —le dijo Iris.

Como los pajaritos y los nidos no deben tocarse con las manos, Iris fue a buscar un pañuelo y una escalera y llamó a su padre para que la acompañara.

Con el pañuelo, recogió el nido con muchísimo cuidado. Y después, con la ayuda de su padre, utilizaron la escalera para subirlo hasta su rama.

—Vale, creo que el nido iba aquí.

—Serás una veterinaria estupenda, Iris —dijo su padre, orgulloso, mientras le daba la mano para bajar.

El pajarito piaba de agradecimiento. Estaba contento y a salvo en su nido.

En ese momento, volvió a ver a la dichosa ardilla, de nuevo junto a aquella mujer. Y entonces...

Iris se frotó los ojos. No estaba nada segura de lo que había visto. ¡¿La ardilla acababa de chocar los cinco con la mujer?!

2
¡La magia existe!

Unos días después, ya en casa, Iris lo preparaba todo para la vuelta al cole. ¡Faltaba muy poco para el inicio de las clases!

Añoraba a sus amigos del camping, que le habían escrito postales desde sus casas. Eran tan bonitas y le hacían tanta ilusión que Iris las había puesto todas en su corcho para poder verlas siempre que pensara en ellos.

De pronto, dejó lo que estaba haciendo porque sonó el timbre de casa.

¡DIN DOOOOOON!

—Iris, ¿puedes abrir tú? —le pidió su madre.

—¡Vaaaaaale!

Iris abrió la puerta, pero no había nadie. ¡Qué raro!

Entonces oyó un ladrido. **¡GUAU!**

Bajó la mirada, en dirección al origen del sonido, y vio un pequeño bulldog. ¡Era monísimo!

Pero lo más extraño no era que un animal acabara de llamar a la puerta. Ni que llevara una gorra de cartero. ¡Era que el perro le acababa de guiñar un ojo!

El perrito se acercó y recogió del suelo un sobre que llevaba para ella.

—¡Es una carta!

Confundida y emocionada, Iris leyó su nombre escrito en el sobre.

Tras un ladrido de «misión cumplida», el perrito se fue de allí al trote. Iris lo miró alejarse, aún perpleja.

Entró en casa y volvió a observar el sobre. ¿Qué acababa de pasar? ¿Y de quién sería aquella carta? Sin esperar un segundo, la abrió.

¡Qué emocionante! Parecía una carta muy seria y oficial.

Estimada Iris:

Has sido seleccionada para entrar en la Escuela Magia Potagia como alumna de nuestro programa de estudios especializado en Artes Veterinarias y Cuidado de Criaturas Extraordinarias por tus excepcionales poderes mágicos.

Te enviamos toda la información necesaria junto con esta carta. El curso empieza dentro de una semana y, de confirmar tu asistencia, adjuntamos también la lista de prendas y objetos que deberás traer en tu maleta.

Los profesores de la escuela estamos deseando conocerte.

ESCUELA MAGIA POTAGIA

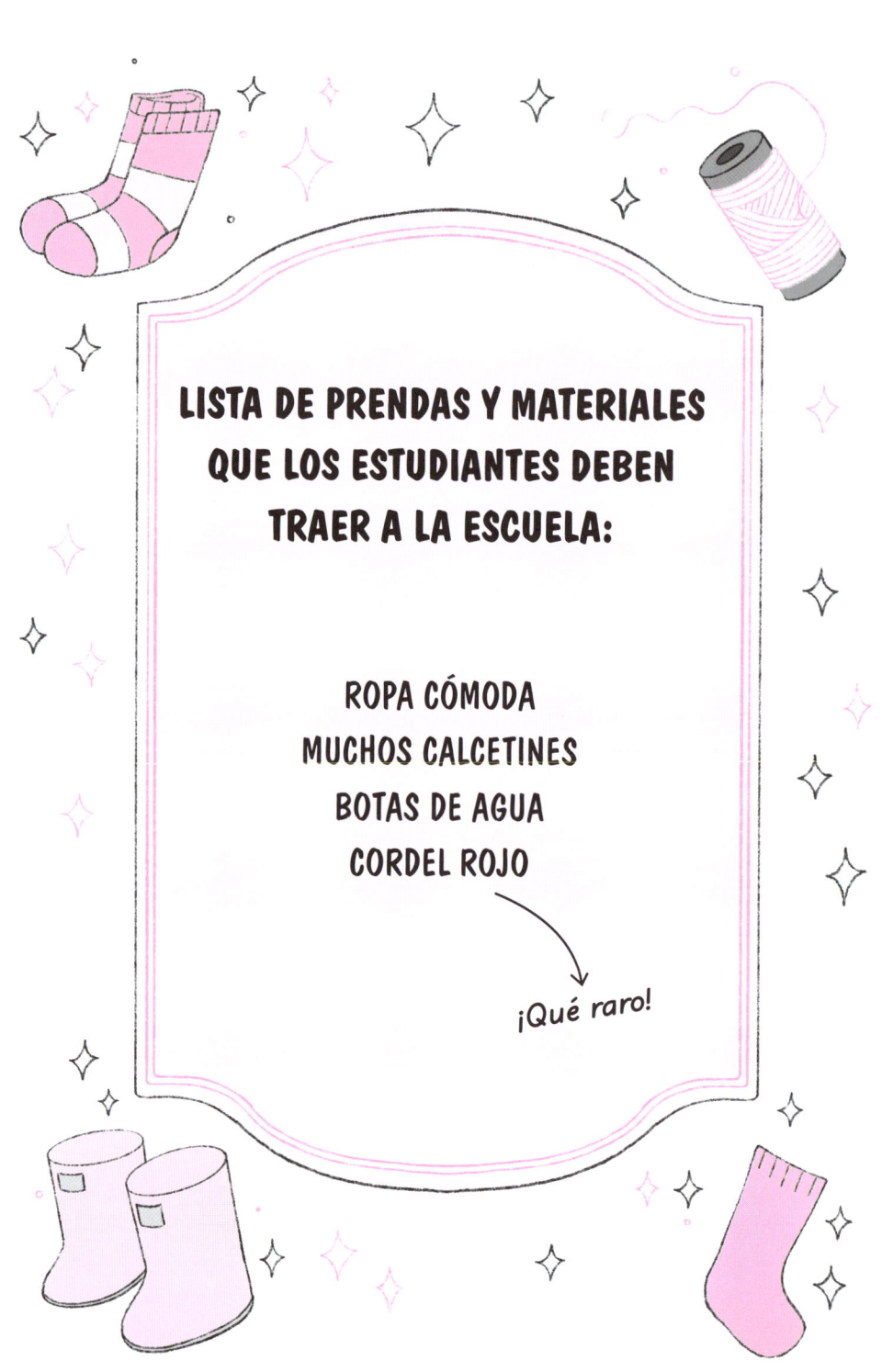

Iris echó un vistazo al folleto de la escuela. En él aparecían fotografías de un bosque espectacular. Entre los árboles había unas cabañas parecidas a las del camping, pero mucho mucho más bonitas.

Y lo mejor de todo:

¡Era real!

A Iris siempre le habían atraído las historias que tenían que ver con la magia y, por eso, que todo lo que había leído existiera de verdad ¡era un sueño cumplido!

Se puso a saltar de alegría.

—¡Mamá! ¡Papá! ¡Ha pasado una cosa increíble! No os lo vais a creer.

—¡¿Qué ha pasado?! —exclamaron sus padres, algo alarmados.

—¡La magia existe! ¡Y me han escogido para ir a un colegio mágico!

Iris les explicó lo sucedido con el perrito y enseñó a sus padres la carta y el folleto de la escuela.

—¿Cómo es posible? Nunca habíamos oído hablar de esta escuela —dijo su madre.

—Pero parece una escuela seria y en la que ofrecen una educación excelente para niños con dones especiales. Estoy muy contento. ¿A ti te apetece, Iris? —le preguntó su padre.

—¡Síííí!

—Entonces, no hay más que hablar. ¡Es una noticia buenísima! —exclamó su madre.

—¡Qué ilusión que mi hija vaya a ser veterinaria mágica! —dijo su padre.

—¿No os importa que vayamos a estar separados? —preguntó un poco apenada la niña.

—Es una oportunidad única, Iris. Además, aquí pone que no está muy lejos de casa y que los padres pueden visitar a sus hijos tan a menudo como quieran.

3
¡Bienvenidos a Magia Potagia!

Iris acababa de llegar a la escuela. Era el primer día de colegio, un día SUPERMEGAIMPORTANTE y estaba muy muy nerviosa.

Cuidar de animales siempre había sido su sueño (¡y más si eran mágicos!), pero no conocía nada del mundo en el que ahora se adentraba, salvo lo que había leído en sus libros y visto en las películas.

¿Encajaría en aquel lugar? ¿Cuáles serían sus poderes? ¡Todavía no lo sabía, pero tenía muchas ganas de descubrirlo!

Y, por supuesto, también quería saber quiénes serían sus nuevos amigos.

En ese momento sonó una campana.

¡TILÍN, TILÍN, TILÍN!

—Alumnos, es hora de que os despidáis de vuestras familias. Nos vamos al salón de actos para la ceremonia de recepción —dijo un hombre.

—¡Tienes que irte, cariño! —le dijo a Iris su madre.

—¡Estás tú más ilusionada que la niña! —dijo su padre dirigiéndose a su esposa con una sonrisa.

—Espero que nos llames cuando tengas tiempo —añadió su madre.

—¡Nosotros te escribiremos muchas postales!

–¡Os echaré mucho de menos!

Tras un largo abrazo, Iris salió corriendo. Los echaría de menos, claro, pero estaba tan emocionada por descubrir aquel lugar tan mágico que no podía esconder su alegría.

Ya en el salón de actos, los nuevos alumnos se sentaron en unas sillas delante de una tarima donde había varios adultos de pie que parecían ser los profesores. Uno a uno, se fueron presentando.

LA MAESTRA
MARINA

Siempre alegre.
Peinado chulísimo, con estrellas marinas.
Collar de caballito de mar más molón aún.

EL PROFE DE GIMNASIA
MAX ESPÍN

¡Súper en forma!
Su chándal mola mucho.
¡Lleva unas deportivas
que son una pasada!

EL BIBLIOTECARIO
EL SEÑOR TAUP

Ratón de biblioteca...,
¿o más bien topo?
Un poco tímido.
Con ganas de esconderse
detrás de un libro.

LA ENFERMERA
ERINA

¡Su pelo es como un erizo! Si alguien se hace daño, va directo a hablar con ella. Muy preocupada por la seguridad.

LA CONSERJE
MAGDA

Amante de los unicornios.
Muy puntual.
Le encanta cumplir las normas.

EL GUARDA FORESTAL
DON SILVANO

A Iris le recuerda a un oso.
Vive en lo alto de una torre.
Gran vigilante.

Mientras tanto, Iris miraba de refilón a sus compañeros. ¿De cuál se acabaría haciendo más amiga?

Una chica con el pelo negro como una araña observaba un retrato que había en la pared. Cuando Iris se fijó en él..., ¡se llevó una buena sorpresa!

¡Era la mujer extraña del camping! ¡Era inconfundible! ¡Ostras con cebolla!, y la ardilla era exactamente la misma!

DIRECTORA ÁGATA

Iris lo sabía bien porque la vio muy de cerca. ¡Demasiado!

¡Así que resulta que era la directora del colegio!

Iris se puso a hacer memoria y de repente todo cobró sentido:

1. La directora había observado que a Iris le gustaban mucho los animales y quería saber si valía para ser alumna.

2. Entre la ardilla y la directora pusieron a prueba a Iris, y ella superó ese examen secreto.

3. La directora le envió la carta de admisión en el colegio.

—Jóvenes, ¿estáis prestando atención? —dijo la conserje Magda mientras daba unas palmadas para llamar nuestra atención—. ¡Esto es importante!

Iris volvió a la realidad. ¡La conserje la había pillado distraída!

¡GLUPS!

—El colegio está dividido en varias aldeas —siguió diciendo la conserje—. En cada una estudian los alumnos de una especialidad diferente. Cada grupo tiene sus propios talentos. Ya los iréis conociendo a lo largo del curso.

Se oyeron murmullos de emoción entre los alumnos. ¡Todos querían saber más! Pero habría que esperar para conocerlos.

—Vuestra especialidad es el cuidado de los animales y las criaturas mágicas. Es una labor crucial porque ellos son los guardianes de la naturaleza. Todos y todas habéis sido escogidos porque tenéis una gran conexión con ella y porque habéis demostrado tener un gran corazón —dijo Marina.

Iris sintió que el suyo se aceleraba. ¡Qué suerte había tenido de entrar en ese colegio!

—Y, ahora, ¡todos a cenar! —dijo el profesor de gimnasia.

4
¿Nuevos amigos?

¡El comedor era una pasada!

—Esta es la mesa de los alumnos, y esta, la de los profesores —les explicó la enfermera.

Iris se sentó al lado de un chico grande de aspecto bonachón. Al otro lado estaba la chica de pelo negro. Junto al chico había una niña con gafas, aparatos y apariencia amable, otro chico delgado y con pinta

de ser muy listo y una niña muy despierta que no parecía haberse leído bien las instrucciones que pedían llevar ropa cómoda.

—Creo que deberíamos presentarnos —dijo la chica de ropa elegante—. Yo soy Olivia y vengo del norte. ¡Estoy muy emocionada de estar aquí! Lo más duro va a ser todo lo que echaré de menos a mis animales.

—¿Tienes perros o gatos en casa? —le preguntó la chica de gafas.

—Caballos —respondió Olivia.

—Yo me llamo Sofía —dijo la de las gafas—. En casa tengo una tortuga y también me resultará difícil estar sin ella.

—En mi casa también hay tortugas —dijo el chico delgado—, y también tritones, salamandras e incluso iguanas. Mis padres son magos cuidadores de reptiles. Ah, y yo me llamo Lucas.

«¿Padres magos?, ¡qué guay!», pensó Iris.

—Yo tengo dos perros, Max y Luka —explicó el chico grandote—. Llevo aquí una foto. Por cierto, soy Hugo.

Iris carraspeó con timidez cuando le tocó hablar.

—Hola..., me llamo Iris... y nosotros no tenemos animales en casa. ¡Pero me chiflan!

—¡Como yo! —añadió la chica de pelo negro con entusiasmo antes de añadir muy seria—: Esto... Yo... yo soy Luna.

Parecía poco habladora.

Cuando llegó la comida se pusieron a cenar con apetito y explicaron cómo les habían llegado sus cartas.

—Yo estaba con mis padres —contó Lucas—. Fuimos a ofrecer nuestra ayuda en una playa muy contaminada rescatando animales marinos. Hay que limpiarlos muy bien, con un cepillo de dientes. Esa noche una gaviota me trajo la carta.

—Yo ayudé a un gatito a bajar de un árbol —dijo Olivia—. Estuve allí muchísimo rato hablando con él y cantándole canciones hasta que dejó de estar nervioso y fue capaz de bajar.

La siguiente en hablar fue Sofía:

—A mí me llegó la carta el día que salvé un hormiguero de la lluvia. Vi que la tormenta estaba destrozando las galerías y entonces se me ocurrió poner un paraguas encima. ¡Y la carta me la trajeron las propias hormigas!

—¡Qué curioso! —exclamó Hugo—. Yo le curé la pata a uno de mis perritos. Estábamos de excursión

en el campo y el pobre tropezó en un agujero. Sabía que tenía que inmovilizarlo hasta que llegara la ayuda y lo hice lo mejor que pude. Al día siguiente una lechuza me trajo la carta.

—¿Y tú, Iris? ¿Cómo recibiste tu carta?

Olivia se había dado cuenta de que Iris era un poco tímida, así que agradeció que se lo pusiera fácil. Contó su experiencia en el camping, pero no habló de la ardilla. Tampoco mencionó que era la propia directora la que estaba allí.

Al final, solo faltaba Luna por explicar cómo fue seleccionada, pero se quedó callada... y nadie se lo preguntó. Iris tuvo la impresión de que no tenía muchas ganas de hacer amigos.

Tras la cena, a cada uno se le adjudicó un dormitorio. Iris no pudo evitar desanimarse al comprobar que ¡le había tocado Luna como compañera de cabaña!

¡PORRAS CON CHOCOLATE!

5
Un suceso inesperado

¡Qué susto se llevó Iris cuando cantó el gallo! ¡Sobre todo porque no dijo «quiquiriquí», sino los nombres de los estudiantes uno por uno! Al despertarse, vio que Luna ya no estaba en su cama.

Iris corrió a las duchas.

¡FIUUUUUUM!

¡No debía llegar tarde a su primera clase!

—Bienvenidos a Conocimiento del Medio Mágico —dijo Marina—. Como sabéis, estáis aquí por vuestra conexión especial con los animales, y, si hablamos de animales en Magia Potagia, tenemos que hablar del bosque de Magicalia, que linda con nuestra escuela. Todos habéis traído el cordel rojo, ¿verdad?

Los alumnos levantaron sus cordeles, pero a Iris nadie le había dicho que le haría falta ese día...

—Profesora, no sabía que tenía que traerlo hoy...

—No hay problema, tengo ovillos de sobra. ¡Todos en marcha al bosque!

Diez minutos después, estaban frente a una masa de árboles enorme. ¡Parecía no tener fin!

—Es un bosque enorme, y en él hay una reserva de animales mágicos. En realidad, no sabemos cómo de grande es y hay zonas inexploradas. ¡Por eso es TAAAN importante aprender a orientarse!

Los alumnos asintieron.

—Lo primero que haremos es un lazo con el cordel en el primer árbol que encontremos. Después, otro lazo en un árbol cercano. Así iremos dejando un rastro.

—Profe, ¿y si nos perdemos? —preguntó Lucas.

—No os preocupéis, iremos en grupo. Usaremos los cordeles solo al principio. ¡Pronto aprenderéis a moveros por el bosque como sirenas en el agua!

El primer día fue agotador, ¡pero mereció la pena! Marina, que le cayó muy bien a Iris, los condujo hasta un lago donde saludaron a los sapos cantores. También observaron con cuidado a las nutrias voladoras, que acababan de tener crías. ¡Eran monísimas!

Si ese primer día fue bueno, ¡los siguientes fueron una pasada!

Iris se llevaba bien con todos, pero le seguía costando tratar con Luna, que solía quedarse apartada y no participaba mucho en las charlas de los recreos. Era como si no necesitara tener amigos.

Pero el carácter de Luna no iba a empañar lo emocionante que estaban resultando esos primeros días. Todo era nuevo, mágico y la compañía del resto del grupo lo hacía el doble de divertido.

Una de esas mañanas Marina llegó radiante para contarles que durante la semana siguiente habría una sorpresa. ¡Qué nervios!

—Yo sé lo que eees —susurró Lucas a los demás—. Nos dejarán escoger un animal mágico.

¿CÓMOOO?

A Iris le dio un vuelco el corazón. Siempre había querido tener un amigo animal. ¡Y que fuese mágico era lo más!

Sin embargo, un día sucedió algo inesperado...

Marina les estaba enseñando a identificar las huellas de las criaturas cuando la conserje llegó muy preocupada a clase.

Aunque intentó disimular su inquietud frente a los niños y las niñas, no pudo evitar tirar de Marina de forma brusca cogiéndola del codo para decirle:

—¡Ha pasado algo!

Las dos empezaron a cuchichear mientras hacían gestos con las manos y fruncían el ceño. Los alumnos se miraron los unos a los otros sin entender.

—Chicos, por hoy hemos terminado la clase. Id a la biblioteca a estudiar. Estamos cerca y podéis regresar solos. ¡Acordaos de recoger todos los cordeles rojos de vuelta!

La maestra y la conserje se quedaron en el bosque y los alumnos regresaron.

—¿Qué habrá pasado? —preguntó Sofía mientras avanzaban deprisa y corriendo.

—Está claro que se trata de algo importante —aseguró Olivia—. Es la primera vez que se interrumpe una clase.

—Algo está pasando con los unicornios —dijo Luna, de repente.

Todos la miraron con cierta sorpresa. Ninguno se esperaba que hablara.

—Me lo contó mi hermanastra, que va dos cursos por delante. Hace unas semanas que los cuernos de algunos unicornios brillan de una forma muy extraña y nadie sabe por qué...

«Así que Luna es de familia mágica, igual que Lucas...», pensó Iris. «Aunque somos compañeras de cabaña, no sé casi nada de ella».

—¡Vaya! —explicó Lucas—. ¿Por qué creéis que será? Por lo que sé, los unicornios suelen hacer brillar su cuerno para alertar de que algo no va bien...

Los estudiantes volvieron a la aldea en silencio, algo preocupados, hasta que Olivia pisó lo que parecía una caca de zorrito escupefuego y todos se echaron a reír. Incluso Luna.

6
¡Es hoy! ¡Es hoy!

Cuando el gallo cantó su nombre, esa vez Iris se levantó de un salto.

¡ESTABA EMOCIONADA!

Durante el desayuno, Marina les anunció que ese día tendrían la clase en las cuadras mágicas. ¡Todos sabían lo que significaba eso y se pusieron a dar palmadas!

—Aquí dentro hay seis criaturas muy especiales esperando encontrar un humano que se convierta en su compañero. Juntos aprenderéis muchas cosas y aportaréis vuestro granito de arena al equilibrio del mundo mágico. Pero, como cuidadores de cachorritos mágicos, también tendréis una gran responsabilidad y debéis comprometeros a cuidarlas. ¿Tenéis ganas de conocerlas?

—¡SÍÍÍÍÍÍ! —dijeron todos a la vez.

Iris estaba tan nerviosa que le daba miedo tropezarse. Y cuando entraron y vieron a los animales, se puso aún más nerviosa.

UNO DE ELLOS LE ROBÓ EL CORAZÓN.

LOS COMPAÑEROS MÁGICOS

Iris solo tenía ojos para el pequeño unicornio. ¡Ojalá se convirtiese en su compañero!

—¡Ah! Se me olvidaba algo importante —les dijo Marina—: vosotros no escogeréis a vuestros compañeros, sino al revés. Ellos saben cuál será el humano más adecuado.

¡Ouch!

A Iris se le hizo un nudo en el estómago. Quizá el unicornio no la elegía a ella...

En ese momento, la maestra siguió diciendo:

—Los animales mágicos saben cosas que vosotros tal vez aún no sabéis de vosotros mismos. Con el tiempo, entenderéis por qué os han elegido y qué tenéis en común. ¿No es emocionante?

Iris observó a los demás alumnos: ¿qué animales querrían que les escogieran?

Lucas y la salamandra se miraban muy fijamente...

Luna estaba mirando a la gata negra, algo que sorprendió a Iris, porque le parecía el animal menos especial... hasta que le vio los ojos, que eran cada uno de un color.

¡Guau! ¡Qué chulos!

Olivia, en cambio..., mantenía la vista fija en el unicornio...

¡Nooo!

¡El unicornio seguramente escogería a Olivia!

Iris cerró los ojos y pronunció su deseo para sí misma: «Ojalá que me toque la cría de unicornio. ¡No hay nada que desee más ahora mismo!». Y mantuvo los ojos cerrados hasta que...

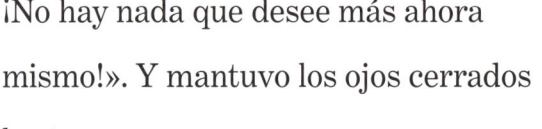

7
Llegó el momento

—¿Estáis listos? —preguntó la maestra Marina.

Los alumnos asintieron. Estaban todos supernerviosos.

—Entonces ha llegado el momento. Diré vuestros nombres y, por turno, tendréis que tocar con delicadeza a cada uno de los animales. Cuando hayáis encontrado a vuestro compañero, lo sabréis. Algo mágico sucederá.

Iris observaba a los demás. ¿Sabrían ellos qué sería esa cosa «mágica» que iba a pasar? Por la cara de Lucas y Luna, le dio la impresión de que estaban igual de perdidos que ella. ¡Pues vaya!

—Cuando vuestro animal mágico os haya elegido, crearéis un vínculo único con él. Siempre estaréis acompañados, incluso cuando penséis que no.

Iris se puso contentísima al pensar que el animal que le tocara la acompañaría siempre.

¡QUÉ GUAY!

—Tú serás la primera, Olivia —indicó Marina.

Todas las miradas se dirigieron a ella. Olivia respiró hondo, trató de darse ánimos y se acercó a los animales con una sonrisa temblorosa.

Primero tocó a la salamandra y... NADA. Después al cuervo y... TAMPOCO. Se acercó al unicornio...

¡IRIS CONTUVO LA RESPIRACIÓN!

Pero tampoco pasó nada cuando Olivia tocó al unicornio. ¡Menos mal!

A continuación, posó los dedos sobre la cabeza del dragoncito verde… **¡Y sucedió la magia!**

Una corriente de energía surgió entre ellas, y un mechón del cabello de Olivia se volvió verde brillante como las escamas de un dragón.

¡ALUCINA GOLOSINAS!

Todos los alumnos aplaudieron. Olivia, muy contenta, dejó que el dragoncito se subiera a su hombro. ¡Hacían una bonita pareja!

Después fue el turno de Hugo, al que le tocó una mofeta mágica capaz de expulsar un olor superapestoso; luego el de Lucas, a quien eligió una salamandra escupefuego; y más tarde el de Sofía, que fue elegida por un pequeño cuervo negro monísimo. A todos ellos les salió además un mechón del color de sus animalitos mágicos.

—Luna, es tu momento —anunció Marina.

Iris sintió un breve escalofrío. Solo quedaban dos animales mágicos: la gatita y el unicornio.

Iris se repitió a sí misma que cualquier animal mágico sería genial.

¡Tener por amigo una criatura mágica sería el sueño de cualquiera!

Pero, por otra parte..., ¿y si el unicornio escogía a Luna?

¡NO PODÍA ESPERAR MÁS!

Luna se acercó directamente a la gatita negra. Antes de tocarla, se inclinó ante ella en señal de respeto... ¡Y la gata la escogió! Una corriente de color azul llenó la estancia y, de repente, apareció un mechón azulado en el cabello negro de Luna.

Todos aplaudieron de nuevo, e Iris hizo lo mismo.

¡AY, AY, AY! ¡QUE YA LE TOCABA!

¡Sentía que el corazón se le iba a salir del pecho! ¡El unicornio era el único animal mágico que quedaba!

Pero entonces le entró una duda. ¿Y si aquel animalito tan monísimo no la escogía? ¿Y si el unicornio creía que no era lo suficientemente especial para ella?

¡AY, AY!

—Adelante, Iris —la invitó la maestra.

Iris se acercó temblorosa al precioso unicornio. El animal no la miraba. Por alguna razón, había decidido cerrar los ojos. Eso desanimó a Iris... Por un momento, le entraron ganas de salir corriendo de allí y no intentarlo siquiera.

Pero volvió a mirar al unicornio, esta vez sin miedo, y entendió que tenía los ojos cerrados porque se estaba concentrando. Iris hizo lo mismo. Cerró los ojos, intentó calmarse y pensar muy fuerte en lo bonito que sería cuidar de aquella criatura... y llevó la mano hacia el unicornio.

En ese momento sintió un hormigueo, ¡como si hubiera recibido una descarga eléctrica!

Oyó los aplausos y, solo entonces, abrió los ojos.

El unicornio la estaba mirando con alegría y ternura. Iris, sin pensar, lo acogió entre sus brazos, y sintió el cariño de su nuevo amigo.

¡TENÍA MUCHÍSIMAS GANAS DE LLAMAR A SUS PADRES Y CONTÁRSELO ESA MISMA TARDE!

8
Caquitas y accidentes

Iris pensaba que una vez que el unicornio fuera su compañero todo sería de color rosa unicornio. Pero la verdad es que no resultó ser exactamente así. El unicornio le hacía mucha compañía y era adorable, pero había un pequeño problema:

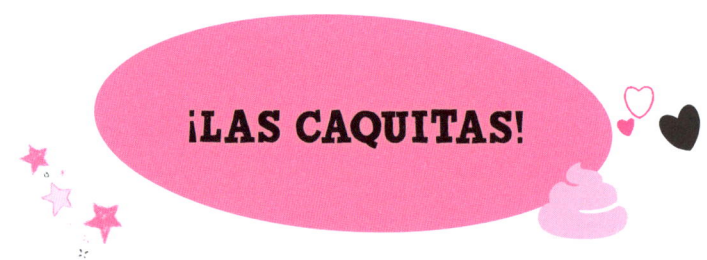

¡LAS CAQUITAS!

Cada estudiante tenía que encargarse de alimentar a su amigo animal y velar por su descanso..., pero también de deshacerse de sus cacas. ¡Y las caquitas de unicornio daban muchísimo trabajo!

A su pequeño compañero, que era muy tímido, le gustaba esconderlas e Iris se pasaba el día buscándolas. En clase habían aprendido que eran valiosas por sus propiedades curativas y debía recuperarlas todas para llevárselas a la enfermera Erina.

Por si fuera poco, Marina les había explicado que pronto empezarían a oír la voz de su animal mágico, y que este les revelaría su nombre. Olivia fue la primera en escucharla, y Lucas al día siguiente. Y así, poco a poco, todos los alumnos. Todos menos Iris.

Eso la hizo sentir un poco plof. ¿Estaba haciendo algo mal? ¿Quizá al unicornio no le había gustado su camita con helados dibujados?

DATOS INCREÍBLES SOBRE LAS CAQUITAS DE UNICORNIOS:

✦ SON MULTICOLORES (¡Y MUY BONITAS, AUNQUE NO HUELEN BIEN!).

✦ TIENEN EL TAMAÑO DE BONITAS CANICAS BRILLANTES.

✦ TIENEN PROPIEDADES MÁGICAS Y SIRVEN PARA PREPARAR MUCHAS MEDICINAS.

✦ ¡NO PODEMOS DESPERDICIAR NI UNA SOLA!

Además, Olivia y Sofía se habían convertido en supermejoresamigas.

Aunque compartían cabaña, Iris todavía no había conseguido hacer buenas migas con Luna. Aquello la hacía sentir un poco triste, porque, aunque se llevaba bien con casi todos, todavía no tenía una *bestie*.

Ese día, en el laboratorio tocaba preparar los alimentos para las criaturas mágicas con la maestra Marina. Antes de comenzar, Marina le preguntó a Iris con su sonrisa habitual:

—¿Ya has oído la voz de tu unicornio?

Iris sintió todas las miradas sobre ella.

—Esto..., sí, sí, claro —dijo para que todos dejaran de prestarle atención.

El unicornio, a su lado, la miró con carita de interrogación, pero ella evitó su mirada. Se sentía culpable por haber mentido.

—¡Me alegro! Sabía que os llevaríais de maravilla —la felicitó Marina—. Y, ahora, ¡empecemos con la clase! Hoy os toca realizar mezclas de sustancias nutritivas. —La maestra vio que algunos ponían cara de no entender—. Vamos a preparar la comida de vuestros animales. Algunas mezclas son más fáciles que otras, pero es importante que conozcáis muy bien lo que deben comer vuestras criaturas.

Iris leyó el papel que le habían dado... y no se lo podía creer. ¿En qué idioma estaban escritas las instrucciones?

¡NO ENTENDÍA NI PATATA!

—La mía es facilísima —exclamó Olivia—. Los dragones solo comen carbón.

—La más difícil es la de Iris —dijo la maestra—. Los unicornios son criaturas muy delicadas y cualquier cambio brusco en su dieta podría alterarlos. Y, por cierto, mucho cuidado con los frascos, porque algunas de las sustancias son realmente valiosas, y muy caras.

Iris se esforzó mucho en elaborar la mezcla. Siguió las instrucciones con mucho cuidado.

¡Todo iba bien! Iris estaba contenta, solo quedaba un paso. ¡Estaba a punto de lograrlo!

—Solo falta que eches tres gotas de la esencia de rocío solar. El frasco es un poco pesado, ¿quieres que lo haga yo?

—No, creo que puedo con él —afirmó Iris.

—¿Estás segura?

Iris asintió. Cogió el frasco y lo sujetó con mucho cuidado. Vertió en la mezcla una gota, dos...

¡Y entonces el cuervo de Sofía soltó un tremendo graznido! Iris se sobresaltó y dejó caer el frasco.

—¡Oh, no! —dijo la maestra, muy preocupada, al ver el frasco roto y la esencia derramada.

Iris se volvió hacia el cuervo, y vio que estaba abriéndole las alitas a la gata de Luna. ¡Y todo por un poquito de paté de pescado!

- Ha sido culpa mía —dijo la maestra—. Debería haberlo puesto en un frasco más pequeño. No te preocupes, yo acabaré la mezcla... ¡Uy! Si ya es la hora. Alumnos, se acabó la clase. Yo me encargaré de darles de comer a vuestros animales.

Al salir del aula, Iris se dio cuenta de que Luna la miraba con cara de ¿disculpa? ¿Era eso posible?

9
¡A veces es demasiado!

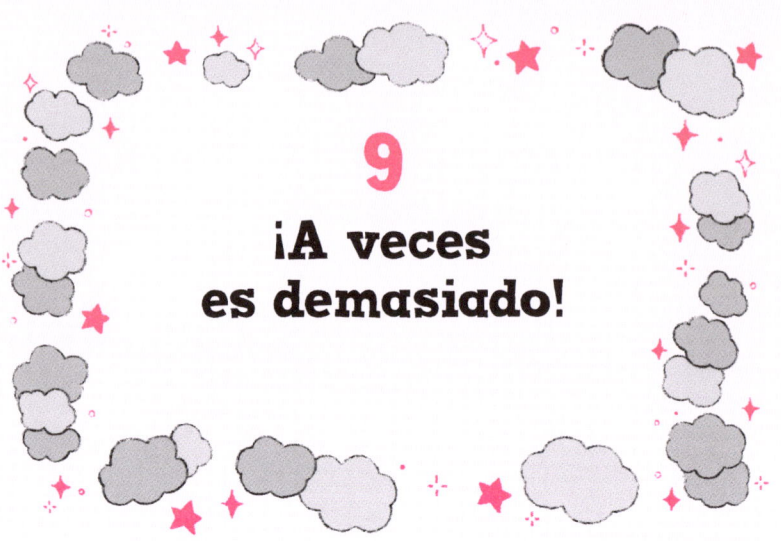

Todas las noches, antes de cenar, Iris llamaba a sus padres. Y esa vez, después de salir de clase, se sentía un poco triste cuando oyó al otro lado del teléfono la voz de su madre.

—¿Qué tal te va todo, cariño? ¿Sigues feliz con tu unicornio? ¿Le gustaron las galletitas de jengibre que mandamos?

—Sí, le encantaron...

—¿Qué tal el examen de reconocimiento de huellas?

—Las acerté todas... —explicó Iris sin mucha alegría.

—¡Qué bien! ¿Estás contenta? ¡Estamos tan tan orgullosos de ti! Pero que tú estés feliz y disfrutando de esta aventura es lo más importante.

En ese momento su padre cogió el teléfono y se sumó a la conversación:

—Puede que el colegio sea mágico, pero lo que sabemos seguro es que tú lo eres.

Iris sonrió por primera vez desde el incidente en clase y, un poco más aliviada, se atrevió a contarles lo que había pasado.

—Un accidente lo tiene cualquiera. Seguro que tu maestra lo habrá entendido —le dijo su padre.

Aunque sin duda la conversación con sus padres la había animado un poco, Iris se dirigió a las cuadras. Estaba convencida de que la compañía de los preciosos caballos voladores bebés que dormían en el establo la ayudaría todavía más.

¡Los pegasos eran monísimos y muy cariñosos!

Al llegar, los animalitos le hicieron un gran recibimiento. Mientras los peinaba y daba el biberón a los más pequeñitos, oyó un crujido.

De pronto..., ¡oh, no!, ¡alguien se acercaba!

Mientras hacía todo lo posible por poner buena cara, ¡apareció Luna con su gata! ¡La última persona con la que habría esperado encontrarse!

—He visto que no estabas en el comedor y he pensado que quizá estabas triste. Después de lo que ha pasado en clase...

—Estoy bien, gracias...

—¿Seguro?

Luna la miró fijamente, y cuando sus ojos se encontraron, Iris soltó sin pensarlo:

—¡La verdad es que no! ¡En las clases no me va tan bien como pensaba, esto es mucho más difícil que mi colegio de antes! ¡Y no consigo hacer amigos! ¡Pero lo peor de todo es que todavía no he podido escuchar la voz de mi unicornio y que sigo sin saber cómo se llama! ¡Le he mentido a todo el mundo sobre ello! —Luna la observó, pero se quedó callada—. ¿No vas a decir nada? Seguro que tú también piensas que yo no valgo para esto...

—No, qué va —dijo de repente su compañera. Iris se quedó sorprendida—. Algunos de nosotros ya sabíamos lo que íbamos a encontrar en este colegio. Pero, para ti, todo es nuevo. Ni siquiera habías oído hablar de los animales mágicos, ¿verdad?

—No sabía ni que existía la magia —dijo Iris abrazando a su unicornio.

—Yo tampoco he oído la voz de la gata.

La confesión de Luna pilló por sorpresa a Iris.

—¿Cómooo?

La confidencia de Luna alivió mucho a Iris. ¡No era la única que se sentía diferente! Y eso que Luna venía de una familia mágica.

—Y..., sobre las cacas..., deberías probar a poner un arenero en nuestra cabaña. A los gatos les va muy bien.

Iris empezó a pensar que, pese a sus diferencias, eran mucho más parecidas de lo que creían. Y le dio un gran abrazo.

Justo entonces, Iris oyó que alguien hablaba:

—¡*Qué bien que por fin seáis amigas!*

Era una voz dulce, como de niño pequeño. ¡Era la voz de su unicornio!

—*Me llamo Polvorón.*

—¡Qué nombre tan bonito! —exclamó Iris.

Luna se separó de ella, sorprendida.

—¡No me digas que por fin te está hablando!

—¡Sí! —exclamó Iris como loca de contenta.

—¡A mí también me está hablando mi gatita! ¡Creo que les ha gustado mucho que seamos amigas! —Y Luna, acercándose a su nueva amiga, añadió muy bajito y con vergüenza—: Me resulta muy difícil confiar en la gente y hacer amigas, siempre me he sentido diferente. Pero creo que nos parecemos...

—... ¡más de lo que parece! —Iris se echó a reír—. ¡Era justo lo que estaba pensando!

Se rieron juntas, e Iris se sintió feliz.

—Mi unicornio se llama Polvorón. ¡Es para comérselo!

—Pues mi gatita se llama... Medianoche.

—¡Es un nombre muy bonito!

Aunque hacía solo un rato estaba tan triste, Iris ya sonreía gracias a Luna y al pequeño Polvorón. Sintió que a partir de ese momento las cosas irían mucho mejor.

10
Alerta de unicornios

Iris despertó en su cabaña casi tan emocionada como el día de Navidad. Polvorón se subió sobre ella en cuanto vio que ya tenía los ojos abiertos.

—¡Eh, con cuidado, pequeñín! ¡Tienes los cascos más duros de lo que crees!

—¡Qué madrugadora! —dijo Luna—. Te has despertado antes de que cante el gallo.

—¡Tú también!

—Sí, a veces me despierta cierta bola de pelo intentando ocupar mi cama.

La gata la miró con los ojos entornados.

—¡Sí, me refiero a ti! —le dijo Luna—. Y ahora, todos en pie, o patas. ¡No podemos llegar tarde a clase!

Después de vestirse y desayunar, Iris y Luna se dirigieron al aula, donde Marina las esperaba con una sorpresa increíble. ¡Sobre todo para Polvorón!

—Hoy iremos al bosque —les anunció la maestra—, pero no será para seguir rastros, ni para identificar huellas, ni para reconocer a los pájaros por su canto mágico. ¿Alguien lo adivina?

—¡Iremos a conocer a los alumnos de la aldea de cocina mágica! —propuso Lucas.

—No, aunque eso sucederá pronto.

—¿Iremos a buscar huevos de pájaro roc? —preguntó Sofía—. ¡He leído sobre ellos en la biblioteca!

—¡Eso sería un poco peligroso para el primer curso! —se asombró la maestra.

—¿Visitaremos la Gran Telaraña de la Ciénaga? —quiso saber Hugo.

—¡Igual de arriesgado! Pero me alegra saber que sois valientes y que investigáis sobre el bosque.

—Entonces ¿qué haremos hoy? —preguntó Olivia.

—¡Vamos a la reserva a conocer a la familia de Polvorón!

Toda la clase se puso a dar saltos de alegría.

—¡Cómo mola! Veremos animales mágicos en su entorno natural —celebró Hugo.

—Será una larga caminata, así que preparad esas piernas. Recordad que llevaré conmigo el botiquín mágico por si os entran agujetas. Y también llevo algunas galletitas especiales para unicornios, aunque debemos tener cuidado de no darles demasiadas. Ya sabéis que cualquier exceso en su alimentación les puede afectar.

¿QUÉ PUEDES ENCONTRAR DENTRO DE UN BOTIQUÍN MÁGICO?

✦ MARTILLITO ROMPEAGUJETAS: BASTA CON DAR UN PAR DE GOLPECITOS PARA QUE DESAPAREZCAN.

✦ TIRITAS DE ESTRELLA: PROTEGEN LAS HERIDAS Y ADEMÁS HACEN QUE TE SIENTAS MEJOR.

✦ VENDAS MULTICOLOR Y ALGODÓN QUE PARECE DE AZÚCAR.

✦ GRAJEAS DE ENERGÍA: PARECEN GOMINOLAS DE COLORES, PERO DAN UNA GRAN RESISTENCIA.

La caminata resultó tan laaaaaarga como un perro salchicha, pero nadie se quejó. ¡Todos estaban deseando conocer a los unicornios!

Cuando por fin llegaron a la reserva, vieron que todos los animales estaban cabizbajos y tristones. Se alegraban de volver a ver a Polvorón, pero se les notaba que pasaba algo.

Polvorón se acercó a ellos trotando.

—Polvorón, ¿qué pasa? —preguntó Iris.

—*No encontramos a uno de mis primitos.*

Iris lo abrazó con fuerza.

—*Es tan pequeñito como yo* —le dijo Polvorón a Iris, con una mirada triste—. *Y, además, se han visto por aquí huellas de dragón grande. Tal vez se asustó al ver alguno, ¡pero ahora no lo encontramos por ninguna parte! Puede que se haya escondido muy bien...*

Cuando Iris se lo contó a Marina, esta parecía realmente preocupada.

—Vaya... En algunas ocasiones los dragones han salido de su zona, pero hacía muchos años que no sucedía. No os preocupéis, seguro que lo encontraremos. Ahora volvamos a la escuela. Avisaremos al resto de los profesores.

Nada más llegar a la zona de las cabañas, los alumnos se reunieron.

—Chicos, tenemos que resolver este misterio. Estoy segura de que hay una explicación, ¡y de que

los dragones no tienen nada que ver! Es verdad que cuando son mayores, son muuuuuuy grandes, pero ¡son buenos y no dan nada de miedo! —dijo Olivia.

Draco, su dragón, apoyó sus palabras con un bufido y una minichispa.

—Pero las huellas que había en el bosque... eran de dragón —apuntó Sofía.

—No os preocupéis, seguro que al final todo se arregla —dijo Hugo, que era tan optimista como Iris.

Luna y ella se miraron, pensativas. Tenían que hacer algo sí o sí. Pero, antes, ¡tocaba clase de Plástica! Hoy iban a observar y pintar cuervos, que, aunque tengan pinta de antipáticos, ¡son unas de las criaturas mágicas más adorables!

11
¡Siguiendo y persiguiendo!

Al acabar las clases ese día, Iris y Luna habían decidido hacer un pícnic en el patio de la escuela. ¡No se les ocurría un plan mejor! Hacía una tarde buenísima en Magia Potagia. Llevaban palomitas de colores, piruletas de fresa sin azúcar y ensalada de frutas multicolor.

Desde que se habían confesado su secreto en los establos, Iris y Luna se habían hecho inseparables y, aunque

todavía tenían pendiente resolver el misterio de los unicornios (llevaban varios días investigando, pero aún no habían encontrado una explicació, cosa que las tenía un poco mosca) y encontrar al primito de Polvorón, algo en su interior les decía que todo iba a salir bien.

—Pero, bueno, Medianoche, ¿qué pulga te ha picado? —dijo Luna de pronto.

Iris miró a Luna para preguntarle qué le sucedía a su compañera, porque ella solo había oído un «miau».

—¡Dice que estamos despistadas! Que acaba de ver pasar a alguien con actitud sospechosa y ni siquiera lo hemos visto...

—¿Alguien? —preguntó Iris—. Pero ¿quién? ¿Y hacia dónde iba?

Polvorón se encogió como diciéndoles: «A mí no me mires..., yo tampoco me he enterado».

—Hacia la derecha. Ha pasado camuflándose en las sombras de esos árboles.

—¡Vamos allí! —propuso Iris.

Las dos se acercaron supersigilosas a los árboles que había señalado Medianoche. Ocultas menos discretamente de lo que les hubiera gustado, no tardaron en ver... ¡al guardabosques don Silvano!

—¡Mira! ¿No te parece que anda un poco raro? —observó Iris.

—Intenta caminar en silencio total, como un gato —confirmó Luna—. Y está mirando a un lado y al otro para asegurarse de que nadie le sigue.

—¿Crees que puede vernos desde ahí?

—Lo dudo mucho. Creo que si pensara que le están viendo cambiaría de plan...

El guardabosques siguió avanzando por las sombras. Se podía leer «SOSPECHOSO» con luces de neón. Estaba claro que algo se traía entre manos.

—Va a la cabaña de la conserje, ¿no? —señaló Luna—. Lo que no entiendo es por qué camina como si no quisiera que nadie lo viera. Aquí hay gato encerrado.

—*¿Cómo?* —maulló Medianoche para Luna.

—No me refería a ti, tranquila —respondió Luna.

—¡Porras con chocolate!, no se ve un pimiento. ¡La conserje tiene cortinas de ganchillo en todas las ventanas! Así no hay quien investigue —dijo Iris.

Un maullido la avisó de que Medianoche había detectado algo.

—Dice que no ha entrado, va camino de… ¡la enfermería! —exclamó Luna—. ¡Sigámoslo!

Polvorón miró a Iris y le preguntó:

—*¿No es un poco feo espiar a la gente?*

Luna solo oyó un relincho de unicornio.

—Solo estamos investigando.

—¡Vamos! Por mirar un poquito no pasa nada… ¡Es por una buena causa! —dijo Luna.

Al asomarse a la ventana encontraron la respuesta, aunque no era la que esperaban.

—¡Hala! —se le escapó a Iris.

Polvorón soltó un ruidito de sorpresa muy adorable. Todos se habían puesto en lo peor: que al guardabosques le hubiera salido un sarpullido horrible en el trasero por haber entrado en contacto con algún arbusto que no debía tocar.

Desde su escondite consiguieron oír a la enfermera que, con cara de preocupación, le dijo a don Silvano:

—La miopía ha empeorado un poco —dijo ella.

Iris y Luna se miraron.

—Pero ¿por qué se revisa la vista a escondidas? —preguntó Iris en voz muy baja.

—Bueno, es el guardabosques —respondió Luna—: su trabajo consiste en ver muy bien.

Y, de nuevo, prestaron atención a la conversación en el interior de la sala:

—No me di cuenta de que los cuernitos de los bebés unicornio emitían un brillo raro antes, y no os avisé cuando debería haberlo hecho —decía apenado don Silvano—. Mi vista ya no es la de antes.

La enfermera trataba de darle ánimos.

—No te preocupes, no es culpa tuya. Es mejor

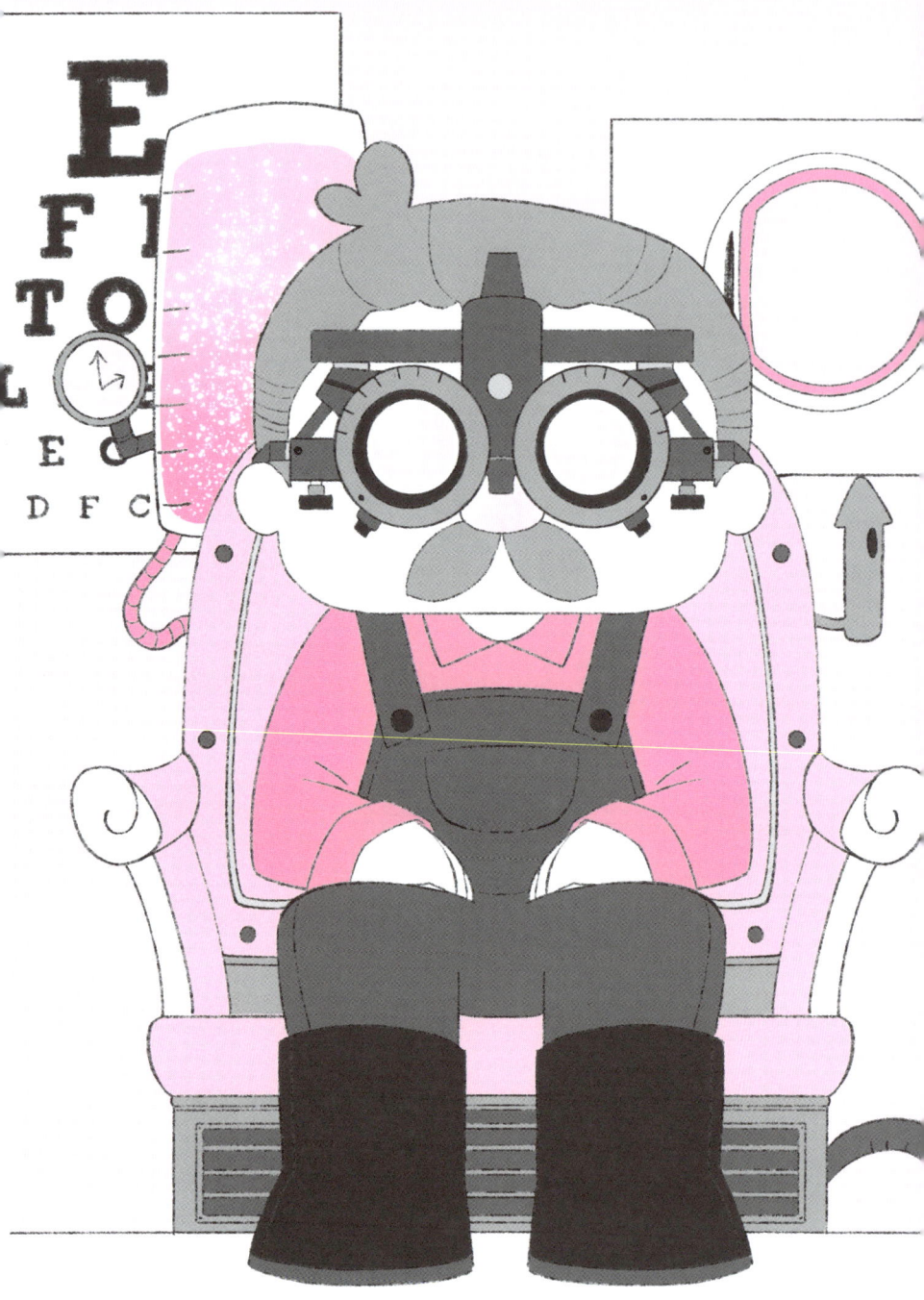

que hables con la directora. ¡Hay remedios mágicos que mejoran la vista!

Iris, Luna y sus amigos peludos se fueron de allí antes de que los descubrieran.

—Así que el guardabosques solo estaba preocupado por su vista —dijo Luna.

—¡Espero que se solucione su problema! —deseó Iris.

—Seguimos sin tener una explicación para el misterio de los unicornios, pero al menos hemos descartado a un sospechoso...

—Es verdad... Le estoy pillando el gusto a esto de hecer de detectives.

Iris sonrió.

—¡Ojalá tuviéramos otra pista que seguir!

Y justo cuando dijo estas palabras vieron frente a ellas lo que parecía...

¡¿UNA HUELLA DE DRAGÓN?!

—¡Fíjate en eso! —exclamaron las dos a la vez. Entonces las dos soltaron:

—¿Hay que decir «chispas» otra vez si hemos dicho «chispas» a la vez? —preguntó Luna.

—Pues no tengo ni idea, pero ¡creo que es mejor preocuparnos por seguir las huellas! —Y tras una pausa, añadió—: Escucha, Luna, ¿estamos preparadas para enfrentarnos a un animal tan grande... y con esos dientes?

—Ahora no estamos solas —le aseguró su amiga—. Tenemos ayuda. Además, recuerda lo que dijo Sofía: los dragones son buenos...

La gata maulló con seguridad: podían contar con ella si las cosas se ponían feas.

Tras seguir el rastro, cruzaron por entre unos arbustos y tras ellos encontraron...

—¡Aaaaaah! ¡Una huella de dragón! Seguro que anda cerca, ¡y parece enorme! —gritó Iris.

—Tranquila, mira allí: ¡unas zapatillas que dejan huellas de dragón! —exclamó Luna.

—¡Caramba! Mi padre tiene unas parecidas, ¡pero de oso! —dijo Iris, inspeccionando los zapatos.

—Alguien los ha puesto a secar aquí después de lavarlos —observó Luna—, aunque siguen oliendo un poco a pies... ¡Puaj!

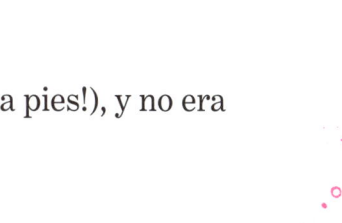

—¿Alguien? Estamos en la casa de la conserje y esta es su cuerda de tender.

Algo olía a chamusquina (¡o a pies!), y no era cosa de dragones.

12
De todos los sabores

—Tenemos que ir a buscar a la maestra para contarle esto —dijo Iris.

Luna asintió y fueron corriendo a buscar a Marina.

¡FIUUUUUU!

—Hoy no hemos parado de correr de un lado para otro —se quejó Luna.

—Hacer deporte es bueno —la consoló Iris.

—Tú siempre tan optimista...

Unos minutos más tarde, las dos amigas

regresaron a la cabaña junto con Marina. La habían convencido de acompañarlas con la premisa de que creían haber descubierto algo muy importante. Lo primero que hicieron fue enseñarle el tendedero.

—Creemos que alguien ha dejado huellas por todo el bosque para despistar —le explicó Luna.

—Llevamos toda la tarde siguiendo esas huellas —suspiró la maestra—. No hacían más que dar vueltas y más vueltas. ¡Nos hemos mareado mucho!

La maestra Marina llamó a la puerta..., pero nadie contestó.

Medianoche miró a Luna.

—*Está en casa* —le dijo la gata.

Luna tradujo el maullido de la gata:

—Medianoche dice que la persona está en casa.
—La niña sonrió, tímida—. ¿Qué? Los gatos saben esas cosas.

La maestra llamó con más fuerza.

—¡Magda, abre! ¡Sabemos que estás ahí!

Por fin, la conserje abrió la puerta.

—Perdona, me había quedado dormida...

—¿Podemos pasar? —preguntó Marina.

La conserje no respondió. Se la veía nerviosa.

—¿Nos dejas entrar? —repitió la maestra.

—Uy, pues es que me viene fatal —empezó a responder la conserje—. Tengo unas cosas en el horno y estaba viendo la teletienda mági...

Pero Polvorón y Medianoche se colaron entre los pies de la conserje, y tras ellos fueron Iris y Luna. Y allí vieron que...

¡El salón de la casita de la conserje estaba lleno de cosas de unicornios!

¡Iris y Luna no se lo podían creer! La conserje estaba obsesionada con los unicornios. Iris apretó a Polvorón contra su pecho.

—Magda, ¿hay algo que nos quieras contar? —preguntó la maestra.

—¿Queréis una tacita de té frío? —respondió ella tratando de ganar tiempo—. ¿Un *cupcake*? Deben de estar ya listos...

Entonces Polvorón, que en ese momento estaba en el regazo de Iris, saltó y se dirigió a la puerta que conducía al patio trasero. Rascó con sus cascos, pero no consiguió abrir la puerta.

—¡Polvorón quiere salir! —dijo Iris, señalando con el dedo hacia la puerta.

—Magda, ¿puedes abrir, por favor?

—¿Ahora? ¿Con este calor? ¿No preferís pasar y tomar un batido de frambuesa bien fresquito aquí dentro? Tengo *cupcakes* de zanahoria y de limón con lavanda para acompañar...

Marina se levantó decidida y abrió la puerta...

¡EN EL PATIO SE ENCONTRABA EL PEQUEÑO UNICORNIO AL QUE NADIE ENCONTRABA!

Polvorón se puso muy contento al verlo.

—¡Pero bueno, Magda! —la riñó Marina—. ¿Puedes explicar qué pasa aquí?

—Es que no sabía cómo contároslo... Soy muy feliz cuando voy a visitar a los unicornios a la reserva y les llevo algunas de sus galletitas y *cupcakes* favoritos. Pero...

—¿Qué ha pasado? —preguntó la maestra preocupada.

—Creo que me entusiasmé tanto llevándoles *cupcakes* de sandía, *cupcakes* de mermelada de frambuesa, *cupcakes* de caramelo, *cupcakes* de nata y melocotón en almíbar... que los unicornios empezaron a emitir un brillo preocupante.

—Magda, ¡eso no es una dieta variada! —le dijo Marina—. ¡Son todo dulces! ¡Tendrías que haberles dado verduras frescas y su alimento especial! Los unicornios no toleran bien nada en exceso.

—Vaya..., no lo sabía —se justificó Magda—. Es que los pobres siempre que iba a verlos me decían que no habían merendado y que tenían hambre... y les chiflan tanto los *cupcakes*...

—¿Y qué hace el primo de Polvorón aquí? —preguntó Iris.

La conserje suspiró triste, y el pequeñín la rodeó con cariño.

—Al ser tan pequeñito, los dulces le sentaron peor que al resto y tuve que traerlo para cuidarlo hasta que se recuperara del todo. Creo que el pobrecillo se empachó.

—Para cuidar de los animales hay que darles lo que necesitan de verdad —dijo la maestra Marina con compasión—. Deberías haber avisado a los cuidadores. Pero que no se preocupe nadie, este pequeñín se encontrará mejor en un pispás. Avisaremos a su familia y mañana lo llevaremos de vuelta a la reserva. En cuanto a ti, Magda, estoy segura de que podrás seguir yendo a visitarlos de vez en cuando, pero esta vez será mejor que solo les lleves zanahorias.

—O *cupcakes*, ¡pero sin azúcar! —dijeron Iris y Luna al unísono—. ¡Chispas otra vez!

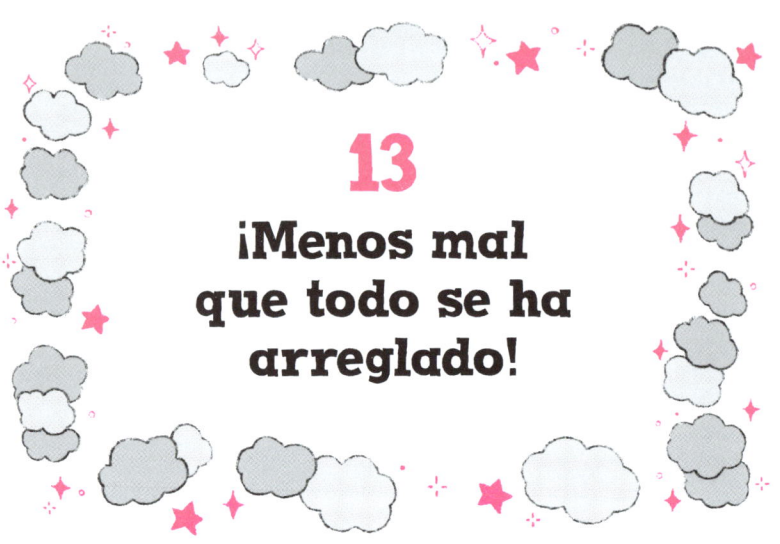

13
¡Menos mal que todo se ha arreglado!

Al día siguiente, cuando el primito de Polvorón ya empezó a encontrarse un poco mejor del empacho, Iris y Luna se dirigieron al bosque con él. ¡Fue un reencuentro precioso!

A Iris y a Luna les daba pena tener que volver a la escuela. Les hubiera gustado pasar más tiempo con los unicornios... Sin embargo, al que más le costó despedirse fue a Polvorón. ¡Se lo pasaba muy bien con ellos!

—¿Te gustaría quedarte aquí, con ellos? —se

atrevió a preguntar Iris—. Al fin y al cabo, son tu familia...

Polvorón negó con la cabeza y se acercó a Iris con un arrumaco.

—*Yo soy un unicornio diferente. Y ahora tú eres mi familia mágica, y tenemos mucho que aprender el uno del otro.*

Iris le dio un superabrazo.

—Vendremos de visita siempre que quieras —le prometió.

Medianoche se había subido al hombro de Luna, parecía que le gustaba estar allí arriba, vigilándolo todo.

Juntas emprendieron el regreso.

Cuando llegaron al colegio, ya por la tarde, les esperaba una sorpresa...

¡UNA MERIENDA DE CELEBRACIÓN!

Iris se moría de vergüenza... Le habría gustado meterse debajo de la mesa. ¡La directora en persona estaba allí para felicitarlas!

—Queridas, venid a que os conozca. Habéis sido muy listas al descubrir lo que estaba sucediendo.

Sus compañeros aplaudieron mientras Iris y Luna subieron al estrado.

—Hacéis muy buen equipo —les dijo.

¡Y pensar que al principio del curso creían que no iban a llevarse bien!

—Vuestra clase ha obtenido un reconocimiento por acompañar a los unicornios de vuelta al bosque —dijo la directora mientras les entregaba a todos los alumnos unas insignias chulísimas.

—Le hemos dado a Magda una segunda oportunidad. Está muy arrepentida por lo ocurrido y por el gran susto que nos ha dado —añadió Marina mirando de reojo a Magda.

—Y, para compensarlo, ha preparado *cupcakes* para todos —añadió la directora.

—Llevan harina integral y solo un poquito de miel en lugar de azúcar —explicó la conserje—. Ahora sigo un canal de vídeos de cocina saludable.

Cuando llegaron los *cupcakes*, todo el mundo alabó su aspecto.

—He utilizado solo frutas e ingredientes naturales —explicó Magda.

—¡Quiero probarlos todos! —dijo Hugo.

Sofía y Olivia estaban pensando muy bien qué sabores escoger. ¡Siempre reflexionaban antes de hacer algo! Incluso Lucas estaba más sonriente de lo habitual.

—Sabía que no había sido un dragón —les dijo Olivia a Iris y a Luna, con su inseparable dragoncito en el hombro.

¡Por fin las cosas salían bien! Iris y Luna se habían hecho amigas, empezaba a sentirse una más en aquel lugar y ¡había conocido un montón de unicornios superadorables!

Iris se acercó a la directora y le dijo:

—Muchas gracias por dejarme ser parte de este lugar.

La ardilla se asomó para mirar a Iris, y le guiñó un ojo.

—Estábamos seguros de que encajarías muy bien —sonrió la directora.

ESO SOLO ERA EL COMIENZO.

IRIS Y LUNA

¡No te pierdas ninguna de las aventuras de las protagonistas y de sus adorables animales mágicos!

☑ ¡ESTE YA LO TENGO!

☐